親愛的老鼠朋友，
歡迎來到太空鼠的世界！

Geronimo Stilton

星際太空鼠

U0061131

這是一個在無盡宇宙中穿梭冒險的科幻故事！

親愛的老鼠朋友們：

我有告訴過你們我是一個科幻小說的狂熱愛好者嗎？
我一直想寫一些發生在另一個時空的冒險故事……
可是，所謂的**平行宇宙**真的存在嗎？

就這個問題，我諮詢了老鼠島上最著名的伏特教授，
你們知道他是怎麼回答我的嗎？

他說根據一些科學家的研究發現，我們所處的時空和
宇宙並非唯一的。世上**還存在着許多不同的時空和宇宙空
間，甚至有一些跟我們相似的宇宙存在呢！在這些神秘的
宇宙空間，或許會發生我們無法預知的事情。**

啊，這個發現真讓鼠興奮！這也
啟發了我，我多希望能夠寫一些關於
我和我的家鼠在宇宙中探索新世界的
科幻故事啊！而且，我想到一個非常
炫酷的名稱——**星際太空鼠**！

伏特教授

**我們能夠在銀河中遨遊！一定能讓其
他鼠肅然起敬！**

賴皮·史提頓

謝利連摩·史提頓

菲·史提頓

馬克斯·坦克鼠
爺爺

機械人提克斯

班哲文·史提頓
和潘朵拉

銀河之最號

太空鼠的太空船艦，太空鼠的家，
同時也是太空鼠的避風港！

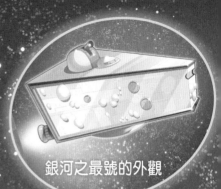

銀河之最號的外觀

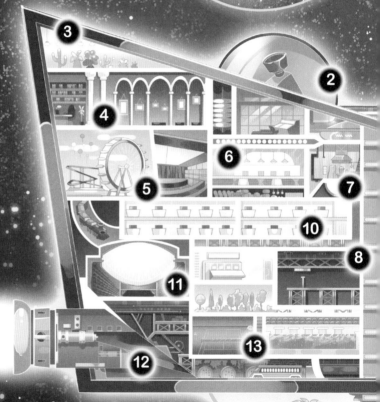

星際太空鼠 7

史提頓大戰貪吃怪
STILTONIX CONTRO IL MOSTRO SLURP

作　　者：Geronimo Stilton　謝利連摩·史提頓
譯　　者：顧志翔
責任編輯：胡頌茵
中文版封面設計：陳雅琳
中文版內文設計：羅益珠　劉蔚
出　　版：新雅文化事業有限公司
　　　　　香港英皇道499號北角工業大廈18樓
　　　　　電話：(852) 2138 7998　傳真：(852) 2597 4003
　　　　　網址：http://www.sunya.com.hk
　　　　　電郵：marketing@sunya.com.hk
發　　行：香港聯合書刊物流有限公司
　　　　　香港新界大埔汀麗路36號中華商務印刷大廈3字樓
　　　　　電話：(852) 2150 2100　傳真：(852) 2407 3062
　　　　　電郵：info@suplogistics.com.hk
印　　刷：C & C Offset Printing Co., Ltd.
　　　　　香港新界大埔汀麗路36號
版　　次：二〇一七年十一月初版

www.geronimostilton.com
Based on an original idea by Elisabetta Dami
Cover Design: Flavio Ferron / TheWorldofDOT, adopted by Sun Ya Publications (HK) Ltd.
Art Director: Iacopo Burno
Graphic Project: Giovanna Ferraris / TheWorldofDOT
Illustrations: Giuseppe Facciotto, Daniele Verzini
Graphics: Francesca Sirianni
ISBN: 978-962-08-6871-9
© 2015, 2016 by Edizioni Piemme S.P.A. Palazzo Mondadori, Via Mondadori, 1- 20090 Segrate, Italy
International Rights © Atlantyca S.p.A. Italy
Traditional Chinese Edition © 2017 Sun Ya Publications (HK) Ltd.
18/F, North Point Industrial Building, 499 King's Road, Hong Kong
Published and printed in Hong Kong

星際太空鼠

7

Geronimo Stilton

史提頓大戰貪吃怪

謝利連摩・史提頓
Geronimo Stilton

新雅文化事業有限公司
www.sunya.com.hk

目錄

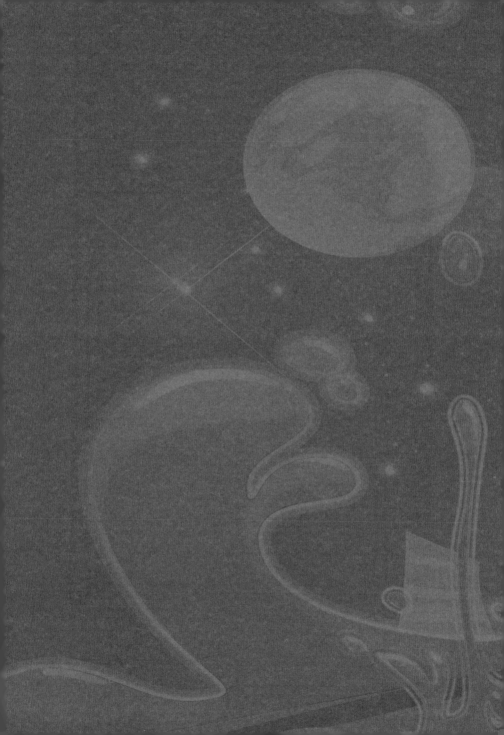

如果我們能夠穿越時空⋯⋯

如果在銀河的最深處有這樣一艘太空船艦，上面居住的全部都是老鼠⋯⋯

又如果這艘太空船的艦長是一個富有冒險精神又有些憨憨的老鼠⋯⋯

那麼他的名字一定叫做謝利連摩·史提頓！

而我們現在講述的就是他的冒險故事⋯⋯

那麼，你們準備好了嗎？

快來跟着謝利連摩一起去星際旅行，穿梭神秘浩瀚的宇宙吧！

馬克斯上將開始行動！

整個故事始於「銀河之最號」上的一個**平靜**的早晨。

和往常一樣，我一邊**吹着口哨**，一邊走出房間，前往控制室。我急切地希望儘快將自己**埋進**沙發，然後享用一份乳酪**牛角包**，但是當我一走進去……

啊，對不起，我還沒有做自我介紹，我的名字叫史提頓，**謝利連摩·史提頓**，是這艘全宇宙最特別的船艦——「銀河之最號」的艦長！

好了，回到剛才的話題，我一走進**控制室**，就被一把聲音震懾了：「快點！你們這

幫懶散的太空鼠！」

我的宇宙乳酪啊！

只見馬克斯爺爺正坐在我的座位上，對着
所有船員發號施令。

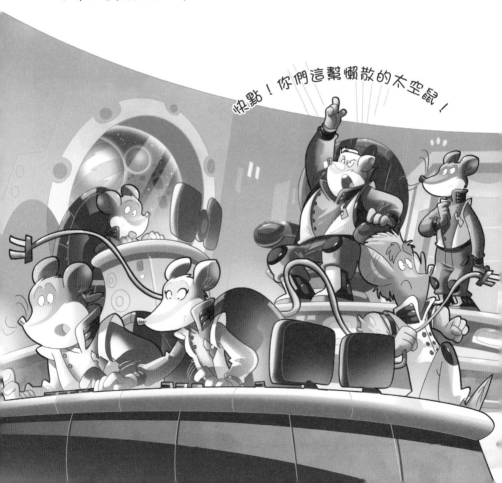

快點！你們這幫懶散的太空鼠！

我怯怯地走近說：「爺爺，見到你真是太高興了，有什麼我可以幫忙的嗎？」

「別說什麼高興不高興的，笨蛋孫子，你覺得你應該在這個時候才到嗎？」

我結結巴巴地回答：「但……但……但是……我們今天並沒有特別的行動計劃！」

「你這個懶惰鬼！要是等你來到才指揮的話，我們的船艦恐怕得一直繞着維嘉星轉圈了！」

我還沒來得及說話，機械人提克斯就搶先宣布道：「馬克斯上將，我們已經找到了星際穿越的坐標，一切準備就緒！」

一切準備就緒！

14

星際穿越？我的天王星乳酪呀！單單是聽到這個詞語就讓我害怕得鬍鬚亂顫！

因為如果真要這麼做的話，就意味着船艦需要加速至**超光速**，而我的胃一直都沒法適應這個過程！於是，我問道：「可是……爺爺，為什麼我們要進行星際穿越呢？」

馬克斯爺爺回答説：「**抓緊**扶手，不要再發問了，小孫子！在宇宙的盡頭，我發現了一顆還沒有太空鼠登陸過的小行星，名字叫**乳酪星**，所以我決定要去一探究竟！」

我繼續説道：「可是跑到**那麼遠**的**地方**真的值得嗎？畢竟那裏可從來沒有鼠去……」

我的話還沒説完，爺爺就命令説：「全速前進！」

突然的 **加速** 令我整個身體拋起向後飛去，手爪在空中揮舞着！我的腦袋重重地撞到了什麼東西，就 **暈了過去**。在我失去意識的這段時間裏，我做了一個 **美夢**……

我夢見自己正在**熱帶雨林星**的沙灘上散步，在我身邊的正是我們船艦上的技術工程師，同時也是全宇宙**最有魅力**的太空鼠——布魯格拉‧斯法芙。

突然，我感到自己的鬍子似乎被誰拉了幾下，當我睜開眼睛的時候，嚇得臉色如同一塊太空乳酪一樣**蒼白**！在我面前的並不是布魯格拉，而是表弟賴皮，他正在使勁地**晃動着**我的腦袋。

「醒醒，謝利連摩！我們要去乳酪星探險了！那裏可是一個非常神奇的地方，你快和我一起來！」

一個神奇的地方？
和他一起去？
為什麼？

探險任務

由於剛才被猛力撞了一下，我還有些暈頭轉向**弄不清**狀況，也不清楚賴皮到底在說些什麼，但是有一點我很確定：我對他的提議半點興趣也沒有！

賴皮抓住我的**手爪**，將我拉起來。

我**咕噥**着說：「不管怎麼說，表弟，你能告訴我到底發生了什麼事嗎？」

他將我**帶到**「銀河

快起來，啫喱！

之最號」控制室的主**顯示屏**之前,然後指着
上面的一顆被迷霧覆蓋着的**乳白色**星球,激
動地對我說:「表哥,在你**暈過去**的那段時
間裏,我們已經完成了星際穿越,進入了乳酪
星的**軌道**裏!」

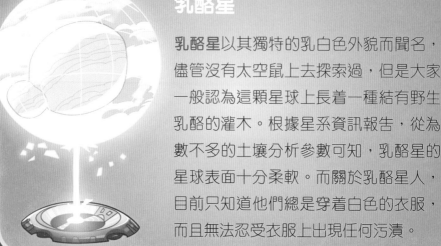

星際百科全書

乳酪星

乳酪星以其獨特的乳白色外貌而聞名,
儘管沒有太空鼠上去探索過,但是大家
一般認為這顆星球上長着一種結有野生
乳酪的灌木。根據星系資訊報告,從為
數不多的土壤分析參數可知,乳酪星的
星球表面十分柔軟。而關於乳酪星人,
目前只知道他們總是穿着白色的衣服,
而且無法忍受衣服上出現任何污漬。

全息程序鼠報告説：相信大約有百分之七十三的**可能性**，這顆星球上生長着一種結有**野生乳酪**的灌木植物，我們得想辦法找到這種植物！

聽罷，我才總算**想起**馬克斯爺爺之前提到的星球探險計劃。

不過，我還沒有主意應該怎樣做，這時表弟突然高聲叫喊：「快點，啫喱！**遠距離瞬間傳送裝置**已經準備好了！午餐的時候，我們應該就能夠**嘗到**星際野生乳酪了！」

我抗議説：「可是這顆**乳酪星**不是從

來都沒有太空鼠來過嗎？在登陸之前，也許我們應該先**檢查**一下！萬一那裏的大氣層裏隱藏着一些**太空孢子**，**宇宙細菌**或是**星際微生物**，我們就會有危險了！」

但是，賴皮完全不理會我的勸告，**推着**我一直走向遠距離瞬間傳送裝置。

這時，控制室的**門**打開了，站在門外的不是別人，正是**布魯格拉·斯法芙**！

我的宇宙乳酪呀，她真是最有魅力，最**迷人**的美女鼠！

　　我不想當着她的面前**丟臉**，於是做出一副氣定神閒的樣子，轉向賴皮，**語氣堅定**地説：「表弟，我其實很想和你一起去完成這個探險任務，但很遺憾，作為這艘船艦的**艦長**，我還有很多工作要做！」

　　賴皮大聲抗議，説：「但是，這種**探險任務**必須至少有兩個太空鼠一起去進行的……我**單獨**一個鼠怎麼去呢？」

　　正在此時，發生了一個我意想不到的情況。

但是……我單獨一個鼠怎麼去呢？

作為艦長，我還有很多工作要做！

布魯格拉向前走了一步說：「賴皮，如果
你不介意的話，我可以陪你一起去！」

什麼？！我心中的女神竟然要和我的
表弟一起去進行探險任務，而且還不帶上我？
這算怎麼回事？**一個玩笑？　一場噩夢？
還是一部恐怖片？**

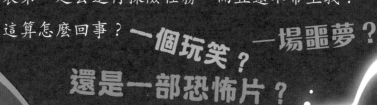

我跟在賴皮和布魯格拉身後，不停地嘮叨着，試圖說服他們這是一個很**糟糕的主意**，但是他倆似乎都沒有在聽我說話。他們在機器上輸入了乳酪星的坐標，然後徑直走進傳送區域。很快，他們就在我的眼前「嗖」一聲地**消失**了。

轉眼間，房間裏只剩下我一個鼠，呆呆地盯着遠距離瞬間傳送裝置，於是我**垂頭喪氣**地走向控制室。

這個早上真是諸事不順呀！

黃色警報！

當我來到**控制室**時，心裏仍不知所措，腦袋就如同被一顆隕石砸中一樣：我擔心布魯格拉會把我當成一個**笨蛋**來看待！

然而，事情還沒完，馬克斯爺爺一看到我，立刻**呼喊**我，說：「小孫子，你怎麼會在這裏？難道你現在不應該在**乳酪星**上嗎？」

我嘀咕着說：「可是爺爺，我想在去之前先檢查一下那裏的空氣中是否有**宇宙細菌**，而且……」

我的妹妹菲打斷我，說：「我已經急不及

待想要去試試我最新的星際電單車了！」

「聽到了嗎？你這個懶惰鬼！這才是一個艦長應該具備勇於探索的精神！」爺爺衝着我吼道，然後滿意地看了妹妹一眼。

這下讓我頓時尷尬得滿臉通紅。然

後，我走到班哲文的身邊，他正透過**顯示器**監察着賴皮和布魯格拉的探索情況。

我的小姪子對我微微一笑，然後説：「不用擔心，叔叔！等賴皮回來之後，我和潘朵拉陪你一起去乳酪星吧！」

我的宇宙乳酪呀，多麼有愛心的太空鼠啊！

這時，我通過顯示屏看到賴皮和布魯格拉正慢慢進入一個**太空隕石坑**。班哲文突然叫道：「看呀！他們找到**野生乳酪**灌木了！」

所有鼠都**好奇地**走過來圍在顯示屏前觀看了。我的宇宙乳酪呀！賴皮和布魯格拉正在慢慢靠近一些奇怪的植物，在這些植物的樹枝上掛着**多汁**的野生乳酪！

「這真是一個偉大的科學發現呀！」費魯斯教授——船艦上的科學家興奮地說道。正在這時，船艦上的電腦——全息程序鼠突然發出了警報，說：「不明外星生物正在靠近探險隊！

黃色警報，

黃色警報，

黃色警報！」

菲立刻啟動了腕式電話聯繫表弟：「賴皮，能聽見我說話嗎？你們注意保持警惕：有外星生物正在靠近你們！你們可能會有**危險……**」

但是說時遲，那時快。

我們就在顯示屏上看到賴皮和布魯格拉的

臉上同時出現了**驚恐**的表情。

　　我的表弟結結巴巴地說：「**你們想要對我們做什麼？我們沒有幹壞事……救……**」

　　接着，通訊突然中斷了，控制室裏只剩下一片**寂靜**。

　　不好了！賴皮和布魯格拉遇到危險了：也許他們被一些不友好的**外星人**抓走了……

呀呀呀呀！
救命呀！

　　看着眼前的這一幕，我頓時嚇得呆若木雞，站在原地動彈不得，像一塊被**冰封了的隕石**一樣。

　　菲急忙叫道：「別再浪費時間了：**他們需要我們的幫助！**」

我的小行星呀，我的妹妹說得對！

我只得馬上**回復鎮定**，並且用最快的速度組成了一支救援隊。

我，菲和機械人提克斯立刻做好登陸乳酪星的準備，而馬克斯爺爺和費魯斯教授則負責留守，駕駛「**銀河之最號**」航行。

當我們已經做好瞬間傳送的準備時，班哲文跑了過來，說：「我和潘朵拉也要一起去！我們已經繪製了這個小行星的**地圖**，一定會對你們有幫助的！」

我擔憂地搖了搖頭，說：「這可不行！因為這次的任務可能會**非常危……**」

然而，話音未落，班哲文和潘朵拉就已經跳上了遠距離瞬間傳送裝置的傳送台，並隨着

我們一起以光速在一瞬間**極速**被送走了。

我的宇宙星系呀，真是太可怕了！

我非常討厭進行瞬間傳送的過程，但是賴皮和布魯格拉遇到危險，所以……

我願意盡一切的方法去救他們！

追尋線索！

我們跟布魯格拉和賴皮失去了聯絡，到底他們在**什麼地方**？**是誰**把他們嚇成那樣？**為什麼**要抓住他們呢？

在登陸**小行星的表面**之後，我們幾個鼠不停地四下張望，試着**尋找**線索。很快，我們注意到附

這些就是乳酪灌木！

近有一些奇怪的白色植物，樹枝上還掛着一些**乳酪**。我的小行星呀，這些灌木就和賴皮與布魯格拉來到乳酪星之後發現的植物一樣！我們繼續前進，同時發現這顆行星的地表非常**柔軟**，而且有**彈性**……在上面走動時，讓我們有種**一蹦一跳**的感覺！

「哇，在這裏走路，就像踩在一個巨大的牀墊上一樣！」潘朵拉興奮地說。

我可沒那麼興奮……因為這一蹦一跳的感覺讓我有些**頭暈**啊！

走了幾步之後，我感到身體有些失去平衡，叫道：「哇啊！」

隨着一聲喊叫，我**跌倒**在地，這時我突然注意到在前方不遠的地方有一些**腳印**。

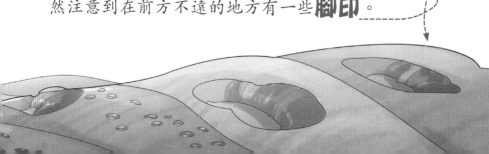

「做得好，啫喱！」菲説，「這些應該是賴皮和布魯格拉留下的腳印！」

我們走近細看，發現在他倆的腳印周圍，還有許多小腳印……似乎是外星人留下的腳印！

我們隨即跟着這些腳印**追蹤去**。

走了一段之後，我們突然發現布魯格拉和賴皮的腳印消失了，而那些小腳印卻變得

深陷了……正當我們疑惑之際，附近傳來了一陣嘈雜聲。

我**咕噥**着說：「我的小行星呀，是……他們！」

菲將一根手指抵在自己的嘴唇上說：「**噓**！別作聲！千萬別讓他們看見！」

我們躲在暗處，順着聲音傳來的方向**望去**，只見賴皮和布魯格拉被**五花大綁**在

一根棍子上，他們被一隊身穿白色服裝，又 圓又胖的外星人抬着帶走。

這些外星人的眼睛就像天線似的長在頭頂上，他們一路護送着他們的俘虜，跳着向前走。

菲低聲説：「那些應該就是乳酪星人了……我們小心地跟着他們……」

就這樣，我們一行鼠悄悄地跟在外星人的身後，並注意保持着安全距離。

入鄉隨俗

在經過了一段又長又累（對我來說是這樣）的路途之後，那些外星人終於抵達他們的城市了（我們也緊跟在他們的身後！）。

這裏的街道和房子都仿似是用乳酪所建造的一樣：軟軟的，圓圓的，四周的建築全都被漆上了淺色。

我的星際乳酪呀，我們就像是在一個巨大的麵團裏一樣！

那些乳酪星人把賴皮和布魯格拉帶到一個巨大的廣場上。在廣場的中央擺放了一張看似洗衣機的寶座，上面坐着一位看來有點滑稽的國王。

與剛才所見的外星人比較，這位國王的服飾明顯貴重（不過衣服上同樣留下了 洗 猴 劑 的香味），而且身上穿着一件披風，頭上戴着一頂大王冠。在他的身旁擺放着一盤**野生乳酪**。

　　布魯格拉和賴皮被帶到王座前，所有外星人都一臉好奇地看着兩鼠，又顯得有些害怕。

　　在見到了我的伙伴們之後，乳酪星人的**國王**下令説：「快給這些外星鼠鬆綁，然後把他們帶過來，我要讓他們向**乳酪王三世**，乳酪星的最高權力者，乳酪星人的國王——也就是我下跪！」

　　聽到這些話之後，賴皮叫道：「陛下，我快**餓死了**！我從來到你們的星球一刻開始，就一直想嘗一嘗你們這裏的**野生乳酪**，但

是被你們捉拿了，請問……陛下能夠**賞賜**一些給我嗎？」

話音剛落，我的表弟也不等國王回答，就馬上徑自把手爪伸進國王面前的一個盤子裏，拿起一塊乳酪放進嘴裏。

「**真好吃**！」他嘴裏塞得滿滿地說道，「你們知道嗎？如果能夠搭配上一些維嘉星的番茄醬，那個味道真是保證讓你舔鬍子。」

說着，他從口袋裏掏出了一個裝有**番茄濃縮汁**的小瓶子，然後如同流星一般迅速將番茄汁倒在乳酪上，濺得國王身上的長袍全是紅色斑點。

國王**大發雷霆**，吼道：「你這個外星鼠竟敢這樣做？衞兵，**抓住**他，然後把他送去催眠機器那裏！」

聽到這番話之後，班哲文和潘朵拉驚訝地看着我，異口同聲地問：「叔叔，什麼是**催眠機器**？」

我的銀河乳酪呀，這我可真是一點也不知道！連菲和機械人提克斯都不知道那是什麼……

笨蛋之舞

　　轉眼間，在我們還沒有弄明白之前，賴皮就已經被綁在一台像洗衣機一樣的機器上。那些外星人給他戴上了一對奇怪的耳機，然後按下了一個按鈕。

　　很快，這台機器開始運作起來，並在四周釋放出許多香噴噴的泡泡。

　　「這……他們到底在做什麼？」班哲文有些擔心地問道。

　　機械人提克斯安慰我說：「我剛在數據庫的**星際百科全書**裏找到有關催眠機器的資料，幸好這種機器並不會令他的身體受到

傷害。」

　　確實，賴皮看上去好像並不痛苦，相反，他臉帶微笑，似乎還有點享受！

　　機械人提克斯解釋說：「**催眠機器**唯一的功能是……」

星際百科全書

催眠機器

功能

這種機器是利用未知的外星科技所製造的，能夠暫時改變一個人的性格，其效果一般在幾個小時後自動消失，不會留下創傷或後遺症。

功效

被催眠的對象會在幾個小時內不停地洗熨衣物，建議用在懶惰鬼或那些從來不做家務的人身上。

話音未落，機器就已經停止了運作，這時賴皮積極地叫起來：「嗨，朋友，我現在特別想*做家務*！你們有沒有太空制服需要洗熨的？」

我們都一致地望向機械人提克斯，一臉疑惑，它回答說：「就是這個了，正如你們所*看到*的一樣，催眠機器唯一的效果就是會讓人產生做家務的想法！」

菲在一旁推論說：「我想*乳酪星人*一定是非常愛*乾淨*的！」

「沒錯！」潘朵拉驚呼道：「可能也是出於這個原因他們全都穿

我現在特別想做家務！

着**淺色**的衣服，而且整顆星球上都沒有一點**污漬**……」

我們所有鼠看着賴皮拿着熨斗的樣子都快笑翻了。

接着，耳邊響起了**乳酪王**的聲音，讓我們回過神來：「既然這台催眠機器對這個外星鼠的催眠效果那麼好，我建議用這台機器讓他的同伴也陪他一起洗衣服，四個**手爪**總比兩個手爪好！」

這句話對我來說就像一場**隕石**雨般可怕！要對付我的表弟也就算了，他們竟然還打算讓我的夢中女神去給他們洗衣服，這實在是太**過分**了！於是，我跳了出去大聲叫道：「唏，你們這些傢伙以為自己是誰？我們是太

空鼠，我們來這裏是為了**和平**的！我們只想參觀和認識一下你們的星球，而不是來做你們的傭人，明白嗎？」

說罷，我一邊跑向廣場中心，一邊大聲喊道：

「布魯格拉，**不要害怕，我來救你啦！**」

在我快要跑到一半的時候，突然腳下絆了一跤：我的小行星呀，這下可要**出醜**了！

我**急切**地想要保持身體平衡，可是身體仍不受控地以各種奇怪而又**可笑**的姿勢翻滾到國王的寶座前。

真是太丟臉了！

似曾相識

我閉上眼睛，心裏做好了即將被大家嘲笑的準備，但是過了一陣子之後，所有的外星人竟然爆發出一陣驚歎聲。

「**太不可思議了！**」其中的一個說。

「**太靈活了！**」另一個外星人說。

「**就是他！**」乳酪王叫喊道。

一瞬間，在這輩外星人中，爆發出一陣震天的掌聲，最後他們都跪倒在我的面前。

這下可真把我弄糊塗了！

為什麼他們會這樣崇拜我？

乳酪王下令說：「快去把我那本**《星際傳說故事》**拿來！」

當他的侍從把書拿來之後，**國王**對我說：「我們這裏流傳着一個古老的傳說，說某一天會有一位**大英雄**從太空裏來到我們的星球——他就是**大乳酪**，我和我的子民們定必要熱烈歡迎他！」

我咕噥着說：「真是個有趣的傳說，可是這位『大乳酪』和我有什麼關係呢？」

國王翻到**書**的其中一頁，然後回答說：「當然和你有關係！你看這裏，書裏說這位大乳酪不顧生命危險來拯救他的同伴，然後跳了一段*舞蹈*……」

你快讀讀這裏！

這位大乳酪和我有什麼關係呢？

我看了書上的描述之後，終於恍然大悟了：我的月亮乳酪呀，原來這裏所說的大乳酪的舞蹈和我剛才摔下來時的動作非常相似！我想我得先解釋清楚這個誤會，於是我說：「嗯……我很抱歉，我想這裏也許發生了一些誤會，我不是……」

但是一切已經太遲了。乳酪王根本不聽我說話，立刻宣布道：「大家一起來，讓我們和英雄一起慶祝吧！」

乳酪星人們一個個開始**忙碌**起來，準備盛大的宴會。

當然，布魯格拉和賴皮立刻就被釋放了，而且我其他的伙伴們也都被奉為貴賓。

但是，賴皮竟意外地拒絕了邀請。

乳酪星人給他準備了一個**巨大的**洗衣房和熨衣室，當別人問他是否參加宴會時，他回答說：「宴會？我可不感興趣！謝謝你們，我寧願留在這裏做家務！」

顯然，催眠機器的功效還沒有**消失**……

我寧願留在這裏做家務！

充滿驚喜的⋯⋯宴會！

對於我來說，整個宴會都讓我感到十分 尷尬：乳酪星人為我戴上了一串用野生乳酪 做成的項鏈，然後抬着我，將我如同一 個大英雄一樣拋向空中！

我不停地重複着：

「我可不是你們 所説的那個大乳 酪，我向你們 保證！」

但是，根 本沒有誰聽我 説話。

夜色降臨之後，大家開始載歌載舞起來。

班哲文和**潘朵拉**顯得十分開心，特別是當機械人提克斯在教那些外星人跳雜技舞的時候。

而我則沒有那麼高興：乳酪星人似乎**天生都是舞蹈家**，他們看上去能夠連續跳舞一整個晚上。

你們猜猜，現在整座城市裏的居民最想和誰跳舞？那就是和我！

於是，我不得不一刻不停地**一直跳舞**，每當我想要休息一會兒的時候，那些外星人都會**訝異地**看着我說：「哎呀呀，大乳酪，難道你**不喜歡**這個音樂嗎？

「我們馬上換上乳酪踢躂舞的音樂，還是說你更喜歡奶昔搖滾風？」

我受不了啦！

天空中已經露出了晨曦，我走到國王的身邊說：「陛下，他們打算什麼時候結束跳舞？我感到自己的手爪、腳爪已經痠軟無力，變得像奶昔一樣了！」

「你儘管去休息好了，大乳酪，明天將會是很繁忙的一天。」

「為什麼會很繁忙？」我擔心地問道。

「因為明天我們將迎來傳說的第二部分，也就是大乳酪將要和貪吃怪進行決鬥，並將我們從怪物的魔爪之中拯救出來！」國王有些興奮地說。

「什麼什麼什麼？他到底在說些什麼？決鬥？貪吃怪？」

我開始冒出一身冷汗，同時鬍鬚也因為害怕而**顫抖**起來。

　　國王對着我微微一笑說道：「在我們星球的另一邊住着貪吃怪，牠是一個非常**可怕**的怪物，**體形龐大**，渾身上下長滿了灰色的**長毛**……

「這個怪物大部分時間都躲在**山洞**裏睡覺，但是當牠醒來之後，就會來我們的城市搶奪我們儲藏的**乳酪**，通常這個過程會持續好幾個小時，直到牠吃飽之後，再次回到山洞裏睡覺為止。」

「那我的哥哥應該怎麼做呢？」不知什麼時候，菲已經來到我們的**身邊**，並且聽到整個對話。

「哦……其實很簡單，只要去**挑戰**牠，並和牠決鬥，然後説服牠今後再也不來打擾我們就好！」國王回答説。

我的宇宙乳酪呀，這一定是場噩夢！

我可不想和怪物決鬥，我不是**大乳酪**，我也不想做大乳酪！

此時此刻，我唯一想到的方法就是：**逃跑！**

就在我準備離開之際，幾個衛兵把我**包圍起來**，然後抓住了我。國王對衛兵們大聲說：「把他帶到一間**超級豪華**的房間去！我們等他已經有足足兩百光年了，他理應受到我們最高的尊敬……我們當然也不能讓大乳酪隨便**離開！**」

咕吱吱！

你想去哪兒？

我可不是一個戰士！

於是，我獨個兒住進一棟超級豪華的房間裏，只不過……門和窗戶都已經被鎖上了！

我的鬍子由於害怕而劇烈顫抖着，嘴裏不斷地重複說：「我的小行星呀！我該怎麼去說服一個怪物讓牠不再吃乳酪呢？我可不是一個戰士，我只想做一位作家！」

我的心中已經是無比絕望了，因為我可以預見到在那個可怕的怪物面前，我在一秒鐘之內就會被撕成無數的碎片……

突然，我聽到窗外傳來了一把聲音。

「謝利連摩！我們在這裏！」

我該怎麼做？

　　我一下子跳了起來，**看見**菲、布魯格
拉、機械人提克斯，班哲文和潘朵拉！

　　我**喜極而泣**，高興地說：「伙伴
們，能夠見到你們真是**太好了**！你們是怎麼
找到這裏的？」

菲笑着回答說：「很簡單，哥哥，我們是跟着那些帶走你的守衛來的！」

布魯格拉解釋說：「經過不停地**舞動**了一整晚之後，那些乳酪星人全都睡着了，整個城市裏到處都是呼嚕聲，包括那位國王！對我們來說跟蹤那幾個守衛就變得非常簡單了……」

「不要**害怕**，叔叔，我們想到了一個拯救你的方法！」班哲文補充道。

「**真的嗎**？我就知道你們一定會來救

我的！但是，情況可能比你們想像的更**複雜**一些。」

布魯格拉有些尷尬地嘀咕着説：「是的，**艦長先生**，要切斷這些鎖住門和窗的激光柵欄似乎不那麼容易⋯⋯」

「那你們打算怎麼救我出去呢？」
我輕聲問。

這時班哲文從口袋裏掏出了一個像是一片乳酪一樣的<ruby>裝置<rt>xxx</rt></ruby>，然後通過<ruby>柵欄<rt>xxx</rt></ruby>之間的縫隙遞給了我，說：「我們已經聯繫『**銀河之最號**』求救了，爺爺把這個記憶體裝置發送了給我們，

什麼來的？

這是記憶體裝置！

「全息程序鼠把**貪吃怪**的所有相關信息儲存在裏面，只要把這個裝置插進你的腕式電話，你就可以看到裏面的內容。」

潘朵拉**解釋**說：「我們發現這個怪物有一些**弱點**，只要你掌握這些信息，當你**挑戰**牠時一定會非常有幫助的。」

我簡直無法相信自己的耳朵。

「你們的意思是說你們唯一能夠幫助我的地方，就是給我提供那個貪吃怪的信息來讓我想出打敗牠的方法？我可不是一個**戰士**！我為什麼要知道那個怪物的弱點啊，不管怎麼說，我一見到牠一定會**嚇得**站不穩的！」

菲回答說：「喏喔，現在你已經別無選擇了……你最好還是準備好面對最糟糕的情況吧！」

我垂頭喪氣地**歎了口氣**說：「好吧，我保證**盡力而為……**」

說完，我立刻開始為決鬥作準備：早上**即將**到來，給我了解**對手**的時間已經所剩無幾了。

我會全力以赴……

撓癢癢戰術

我冷靜下來後，就把孩子們交給我的記憶體裝置**插進**腕式電話裏，一瞬間，有**幾束光線**立刻直射而出。

很快，這些光線在房間裏投射出一個畫面，出現了兩個我**非常熟悉**的太空鼠。

「費魯斯教授？馬克斯爺爺？你們怎麼會在這裏？」

只見爺爺**發光**的

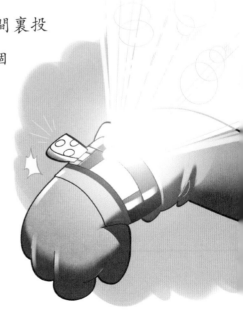

影像在**響亮地**説：「我就知道你會弄錯，你
這個**笨蛋**孫子！我們並沒有在這裏！你現在
所看到的只是從你的腕式電話上**投射**出的全
息影像而已，這是當今宇宙的最新科技！」

　　我嘗試着伸出手爪去觸摸他們，卻如同
穿過**宇宙星雲**一樣直接從他們的身體中間
穿了過去。我的宇宙乳酪呀，我簡直不敢相
　　　　　信自己的眼睛！

我回應說：「好吧，爺爺，嗯⋯⋯我能夠為你們做些什麼呢？」

「你這個**笨蛋**孫子還想為我們做些什麼呢？我們是想給你幫忙的！我聽說明天你將會和一個怪物對決，我相信你一定很害怕⋯⋯**是這樣嗎？**」

「嗯⋯⋯事實上⋯⋯」

「**這樣可不好！**這次探險任務總算能夠幫助你成長為一位真正的艦長，而不再是像現在一樣是一個**膽小鬼**了！所以，我們現在告訴你該怎麼做，你最好豎起耳朵好好聽着！」

這時，從腕式電話裏投射出了貪吃怪的全息影像。

然後，費魯斯教授向前走了一步**解釋**

說：「正如你看到的這些畫面一樣，艦長先生，貪吃怪和牠的同類只有一隻眼睛，並長有六條手臂。在宇宙中，這種生物是非常罕見的，事實上在每個星系裏的數量也只有一兩隻，儘管牠們的外表有些嚇人，但其實這種生物是非常脆弱的，因為牠們有一個非常大的弱點。」

「是什麼弱點呢？」我好奇地問道。

「牠們非常害怕撓癢癢！」費魯斯教授回答說。

我的月亮乳酪呀，那些怪物居然會害怕撓癢癢？真是令人難以置信！

教授繼續說：「所以，對付這些怪物最好的方法是先假裝被牠們抓住，然後在被吃掉之前用一根羽毛去給牠們撓癢癢。

「如果上述**行動**進展順利的話，那個怪物一定會立刻大笑起來，並鬆開**抓住**你的手！」

爺爺補充說：「明天當你面對對手的時候，菲會發射一根羽毛給你，而剩下的就像跟小朋友玩耍一樣簡單了，我保證！不過，現在我們得和你道別了：為了投射我們的全息影像，你的腕式電話會**消耗**大量電力！加油，小孫子，像一個真正的**艦長**一樣去戰鬥吧！」

話音剛落，腕式電話就熄滅了，我不得不重新**獨自**去思考即將面臨的局面。我可不覺得面對着一頭怪物，會像爺爺說的那麼輕鬆**簡單**……

我躺在牀上輾轉反側，難以入眠，好不容

易睡着之後,也是一直做着**噩夢**。

　　在夢境中,我被貪吃怪那毛茸茸的爪子緊

緊抓住,然後被一口吞下⋯⋯

　　我的月亮乳酪呀,真是太可怕了!

呼⋯⋯隆隆！

第二天清早，乳酪王帶着一隊**乳酪星人**親自前來迎接我。

國王說：「大乳酪，你昨晚睡得好嗎？有沒有作好準備去**挑戰**怪物？」

我打着哈欠回答道：「説實話我一**整個晚上**幾乎都沒有合眼，要不是現在**害怕**到不行，我恐怕會立刻倒頭就睡！」

國王大笑着

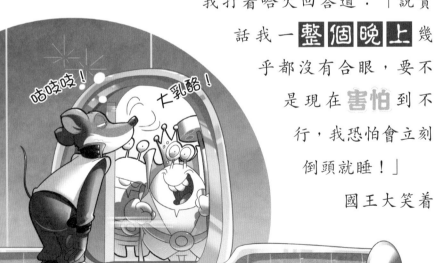

咕吱吱！

大乳酪！

說：「呵呵呵！你不但很**勇敢**，還很幽默！我喜歡你，大乳酪，你很有**英雄**氣概！」

我嚥了嚥唾沫，不再多說什麼：反正不管我怎麼辯解，他都不會改變主意！

衞兵們帶着我坐上一艘小飛艇，國王坐在我的身邊，我們就這樣**出發**前往怪物所在的地方了。

在飛行的途中，我注意到我的伙伴們乘坐着一艘「銀河之最號」的探索小艇，偷偷**跟在**我們後面。即使沒能夠**救出**我，他們也在我的身邊守護着我！他們的出現，給了我一絲勇氣。（但也只是一絲而已！）

過了一會兒，從舷窗所見，這個星球的地面突然開始**抖動**起來……

我**害怕地**呼叫起來：「哦，不會吧！居然會有地震！」

　　國王**笑着**說：「你在說什麼呢，大乳酪！這可不是地震，你仔細聽聽：

呼⋯⋯隆隆！

我們四周的**抖動**都是貪吃怪**打呼嚕**造成的！」

我的維嘉星乳酪呀，這樣看來我的對手的體形一定是非常**龐大**！

居然會有地震！

呼 隆隆！

我想借此機會為自己開脫，說：「既然這個怪物睡得那麼熟……嗯……也許我們不應該去打擾牠……不然的話，可能真的會惹牠**生氣**……」

可是，國王馬上堅定地回答說：「不用擔心！我一會兒會教你一個打敗怪物的好辦法！」

「**一個好辦法？**真是這樣嗎？是什麼辦法？」

國王**嚴肅地**回答說：「等到了時候你就知道了，不用着急！」

我的星際小行星呀，還叫我不要着急……

我可是害怕得快要死掉了！

可怕的蘇醒

不一會兒，我們便抵達了貪吃怪藏身睡覺的洞穴，大家都離開了飛艇。

我的木星衛星呀，從近處看這個怪物真是太可怕了！我非常害怕，連我的鬍子也開始不由自主地顫抖起來。這時，衞兵們一起走到那個怪物身邊，嘗試把牠搖醒。

但是，他們沒有成功，那個怪物並沒有醒過來，只是轉身繼續**睡覺**。

國王又再下令，說：「你們試試用一根長棍子撐開牠的眼睛！」

但是，這樣似乎也不奏效：只見那個怪

物打了個哈欠後，牠的**呼嚕聲**比剛才的更響了。

「也許，我們不應該過於堅持……不如我們先**離開**這裏吧？」我低聲地建議道。

國王卻沒有理睬我，繼續命令說：「你們給我使用**星際擴音器**！」

不一會兒，那些乳酪星人拿來了一個像喇叭一樣的機器，然後放到怪物的耳朵邊播放……

嗡嗡嗡嗡嗡嗡嗡嗡嗡嗡嗡嗡嗡嗡嗡嗡嗡嗡嗡嗡嗡

擴音器發出了一陣如同警報一樣的聲音：這下那個怪物終於睜開了眼睛，並且發出一陣如雷貫耳的恐怖**咆哮聲**！

「我的維嘉星乳酪呀，我早就跟你們說過，這樣會惹牠**生氣**的！」我大叫道。

但是，似乎沒有誰在聽我說話。

那個**怪物**走出了山洞，看上去好像**十分不快**⋯⋯

國王和衛兵們以飛快的速度逃走了，只留下我獨個兒面對怪物。我看着國王離去，大聲呼叫道：「國王，等一下！你還沒有**告訴**我打敗怪物的好辦法呀！」

國王這才**放慢了腳步**，然後說：「啊，對了，我忘記了！根據*傳說*，想要阻止怪物，必須要有人對着他大聲喊出這句話：

快滾回你的星球去！你這個怪物，快滾回你的星球去！

大乳酪，現在，請原諒我得**告辭了**！」

我簡直不敢相信自己的耳朵。

「什麼什麼？這些所謂的好辦法，竟然就是這麼**愚蠢**的一句話？」

這時，國王和那些衛兵們已經跑遠，根本

不可能再回應我，他們很快跳上了我們之前乘坐的那艘飛艇，轉眼就消失了。

我的宇宙乳酪呀，他們居然就留下我一個鼠在這裏！

我該怎麼辦？

此刻，我**害怕**得腦子裏一片空白，身體也由於太過**恐懼**而無法動彈……

我渾身的肌肉似乎已經不聽使喚……

完蛋了，這下沒命了！

快跑啊！

大家快看着牠！

救命啊！

告辭了！

怪物用牠巨大的爪子抓住了我，然後把我**舉到**空中，這時我努力回憶着國王傳授給我的那句話，然後低聲喃喃地說着：「快滾回你的星球去！你這個怪物，快滾回你的星球去！」

　　當然，這句話並沒有任何作用。

　　那個怪物並沒有停下來，而是把我像一塊乳酪一樣**捏來捏去**！我得趕緊想辦法……

　　不然就真的來不及了！

快滾回你的星球去……

吼吼吼吼！
吼吼吼吼！

晃得如同一杯山羊乳酪奶昔

幸好，我的伙伴們一直躲在一座小山丘後面，他們目睹了整個過程並且沒有拋棄我，他們一邊跑向我，一邊大聲呼叫道：「堅持住，謝利連摩，我們在這裏！」

怪物一**見到**我的伙伴們，便伸出另外五隻爪子想要抓住他們。

於是，大家向着不同的方向**跳着**逃跑。

與此同時，菲大聲叫道：「接住，謝利連摩，這是給你的！加油，讓牠見識一下你的厲害！」

菲扔了一根彩色的**羽毛**給我。

我凌空接住了羽毛，然後緊緊把它握在手爪中。當我正打算展開反擊時，我的腦海裏突然閃現一個念頭……

要是這個怪物被**撓癢癢**沒有笑，而是把我像一塊乳酪一樣**壓扁了**，那怎麼辦？

正在這時，我聽到了班哲文的呼喊聲：

「救命啊，叔叔！」

我抬頭一看，發現我的小姪子和其他同伴們都已經被怪物抓住了！

當看到我的伙伴們身處危險之中的時候，我終於**鼓起勇氣**，抓緊羽毛，大叫道：「放開你的爪子，你這個大胖子，我才是你的對手！」

然後，我開始揮動**羽毛**撓牠的手心。在感到痕癢之後，那個怪物便立刻軟了下來。

菲注意到了怪物的變化，在一旁叫道：
「別停下來啊，啫喱！繼續這樣，你擊中牠的
弱點了！」

於是，我更加賣力地揮動羽毛，而那個怪
物的嘴漸漸**鼓起來**，彷彿是憋着笑一樣……

我的宇宙小行星呀，這傢伙看上去就像是
快要**爆炸**一樣！

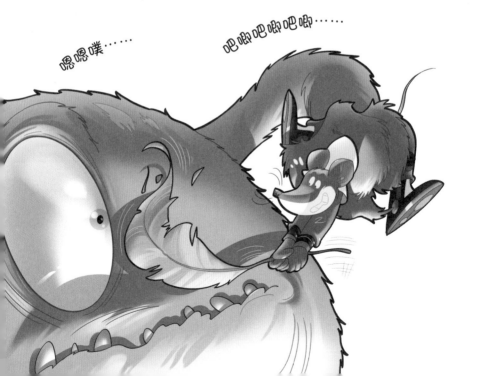

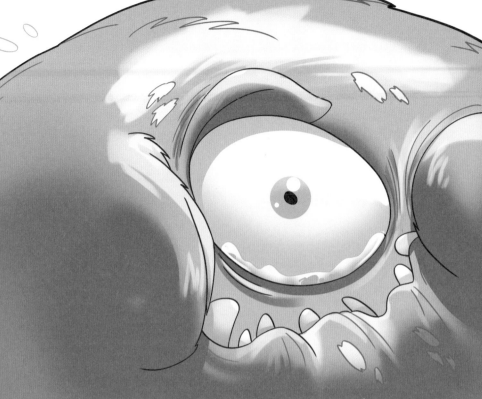

　　我以為馬上就要成功了，但是似乎沒有那
麼容易……

　　我的這個對手堅持着並沒有笑出聲，同時
就像把我當成是一杯山羊乳酪奶昔一樣，不斷
地**晃動**着我！

　　正當我剛想說「這下糟了！」的時
候，我的手爪一鬆，那根羽毛就在我的眼前
掉了下去！嗚呀，不！

與此同時，那個怪物高高將我舉起，並且**張大**了牠的血盆大口。請相信我，親愛的朋友們，我的一生中還從來沒有如此**害怕**過……

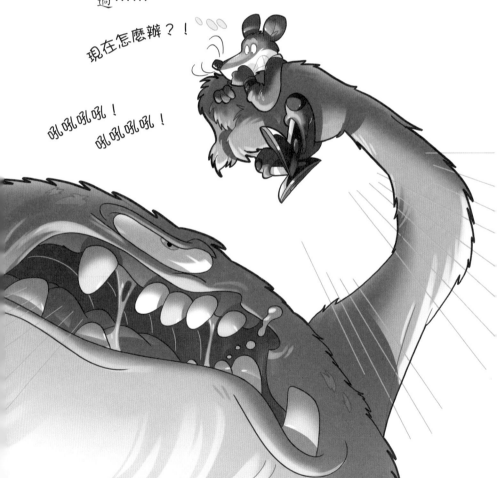

現在怎麼辦？！

吼吼吼吼！
吼吼吼吼！

怪物的感情

我的冥王星大錘子呀，看來我只有跟牠拼了！

於是，我緊緊**抓住**怪物粗壯的手指，用盡全力大聲呼喊道：「唏⋯⋯你想要幹什麼？你這個大毛球！」

在**慌亂**之中，我無意間觸動了腕式電話，在我面前立刻出現了**費魯斯教授**之前發送給我的全息影像片段。

這時，意想不到的事情發生了：那個怪物在看到了畫面之後突然深深吸了一口氣，並且鬆開了我和我的伙伴們！**噓！**

我們摔在地上之後又彈了起來：幸好乳酪星的地面既**柔軟**又有**彈性**，如同軟綿綿的乳酪一樣！

我們眾鼠吃驚得面面相覷：因為我們根本就沒有想到那麼容易就能夠逃脫魔爪。

機械人提克斯說：「我一定是電路燒壞了，那個怪物為什麼突然鬆開了我們？」

「我也一點都不明白！」我疑惑地看着它回答說。

班哲文和潘朵拉好像已經明白了其中的原因，他們**笑着**說：「原因很簡單！你們看，那個長毛大怪物……牠被感動了！」

感動？是這樣嗎？

我回頭望向怪物，就漸漸**明白了**班哲文

和潘朵拉説得沒錯。那個怪物的表情和之前完全不一樣了：現在的牠變得看上去十分溫馴，甚至有些憂傷！

布魯格拉驚呼道：「對了，貪吃怪之所以放了我們，是因為牠看到了自己的同類，因此被感動了……牠在這顆星球上一定是感到太孤單了，所以才會變成這樣！」

這時，我終於明白了：**在牠那可怕的外表之下，其實有着一顆溫柔的心！**

我的星際乳酪呀，怎麼就沒有人想過這一點呢？

於是，儘管我仍然有些膽怯，但還是鼓起勇氣説：「你們説的沒錯！也許，解決這個

問題的最好方法是想辦法幫助牠找到朋友……

如果牠感到高興一點的話，我相信牠一定不會再去欺負那些**乳酪星人**了。」

班哲文和潘朵拉很快地說：「我們有辦法了，*跟我們來！*」

於是，我們乘上了探索小艇後便立刻返回**「銀河之最號」**！

超大功率

　　我們一回到「銀河之最號」上，班哲文和潘朵拉便立刻飛快地**跑去**找船艦上的科學家費魯斯教授，其他鼠也緊緊跟在他們的身後。

　　「**歡迎回來**！我能夠為你們做些什麼呢？」費魯斯教授問道。

　　我剛喘過氣來，潘朵拉就說：「我們想要知道能不能修改一下遠距離瞬間傳送裝置的參數，讓這機器傳送非常非常**龐大**的東西！」

　　「而且目的地距離這裏很遠很遠！」班哲文補充道。

　　「這得看你們的腦子裏到底有什麼想法⋯⋯

仔細**說來聽聽**吧！」

「我們的想法是，既然那個**貪吃怪**感到孤單，如果我們把一些牠的同類傳送到乳酪星上的話，也許牠就會高興一些，可能就不會再去搶乳酪星人的**乳酪**了！」我的小姪子解釋說。

我的土星乳酪呀，真是一個**絕妙**的主意！

「這個想法確實不錯，但是我覺得可能不太容易實現，」費魯斯回答説，「如果要**傳送**像貪吃怪那麼巨大的生物的話，需要一台**超大功率的設備**，而我們的遠距離瞬間傳送裝置沒有那麼大功率，所以可能還是得另想其他辦法。」

我們有些失望地面面相覷……現在該怎麼辦呢？

這時，**布魯格拉**突然叫道：「等一下，我有一個想法！」

所有鼠都好奇地望向她，她繼續説道：「也許解決的方法只不過是舉手之勞而已：『銀河之最號』的發動機有超級巨大的功率！如果我們對它改造一下的話，我和費魯斯

能夠將船艦的動力暫時接到遠距離瞬間傳送裝置上，這樣一來應該就能夠有足夠的**能源**了。」

「這個**辦法**確實不錯！那就別浪費時間了，趕緊開始行動吧！」費魯斯教授回答說。

所有鼠都**雀躍**地笑了起來，而兩位工程師則立即着手工作。

與此同時，我們即刻趕往**控制室**：我們得在宇宙範圍內把貪吃怪的同鄉找過來！

再加把勁，謝利連摩！

正當我們滿以為眼前的所有**障礙**都已經被排除的時候，事情並沒有那麼簡單……

我一進入控制室，馬上下令說：「**全息程序鼠**，立刻在全宇宙尋找貪吃怪的同類，並把牠們的坐標傳給我，同時準備傳送牠們！我們現在有一個緊急**任務**……」

但是，我話說到一半就再也講不下去了：因為整間控制室竟然是一片漆黑，**什麼都看不見！**

此時，在黑暗中亮起了一束光：那是馬克斯爺爺拿着一支手電筒。

「你在這裏**呆若木雞**站着幹什麼，小孫子？我不知道你們在下面的實驗室裏幹了些什麼，但是這裏剛才突然停電，**所有的**設備都無法運作了！」

菲回答説：「我知道了！一定是因為費魯斯教授和布魯格拉將『銀河之最號』上所有的能源全部都**接駁到**傳送裝置上，所以其他設備都無法正常運作了！但是這樣一來，我們該怎樣去尋找**貪吃怪**的同伴呢？」

你在這裏呆若木雞站着幹什麼？

爺爺搖了搖頭說：「你們還是老樣子，每次都要我來出手幫忙！幸好當時在建造『銀河之最號』的時候我讓人在艦船上安裝了一套傳統的動力系統作後備，以防在遇到意外的時候能夠使用！」

　　「那麼這套動力系統在哪裏呢？」所有鼠異口同聲問道。

　　爺爺並沒有直接回答，而是拉動一根拉杆打開地板上的一扇艙門。我的宇宙乳酪呀，我從來都沒想過在這裏還有一間密室！

　　令人感到意外的是，爺爺從那裏取出了一台機器……這台機器看上去就像是一部沒有輪子的單車一樣，通過電線連接着電池。當爺爺整理好這台機器之後，他興奮地說道：「這可是個好東西！只要用力踩踏板，單車的

輪子就能夠產生出足夠整個控制室使用的電能。我就知道這東西早晚能用上：傳統的方法永遠都不會過時！」

當我看到整台機器之後，我已經明白了。如果要發電的話，需要消耗**大量的**體力，於是我有些怯怯地建議說：「可是……爺爺，為什麼我們不問一下費魯斯教授，看看他能不能給我們留一點能源呢？似乎這種方法才更簡便……」

「我原本希望乳酪星的**任務**能夠讓你成長一點，但是看來我似乎是**看錯**了！要是能夠給我們留下點能源的話，費魯斯早就那麼做了，你不是這樣認為嗎？現在唯一的方法就是坐到座位上用力踩踏板！

誰願意自告奮勇帶頭？」

「我先來吧！我可喜歡騎單車了！」菲立刻建議說。

但是，爺爺卻拒絕道：「我知道你很熱心，小孫女，但是我不會讓你受累的：這事就交給你那個懶惰鬼哥哥吧！」

「可是……爺爺，我平時都不怎麼鍛煉我還沒有準備好，

我不擅長騎這個！」

快點，你這個懶惰鬼！

嗚呀！

現在說什麼都是徒勞的：爺爺要我坐上座椅，並命令我用全力踩踏板！同時嘴裏呼喊着：「**快點，你這個懶惰鬼！**我們需要更多的能源！」

爺爺那**震耳欲聾**的喊聲迫使我不得不用力踩踏板……真是太累了！

沒過多久，整個控制室便恢復了供電，所有鼠都爆發出**興奮的**歡呼聲……當然，除了我之外。因為我根本不能分心，**我得全力踩踏板！**

怪物正在接近！

當控制室的電力一恢復運作，全息程序鼠便開始了搜索，僅僅過了幾秒鐘，它便宣布說：「整個**宇宙**裏所有的貪吃怪全部都辨識到了！」

「很好，快把影像投射到屏幕上。」馬克斯爺爺說道。

全息程序鼠執行了命令，我們這時才發現幾乎所有的貪吃怪都和我們見到的那隻有着相似的際遇。

無論身處哪裏，牠們總是喜歡去欺負那些體形較小的外星人，並且掠奪他們的**食物**。

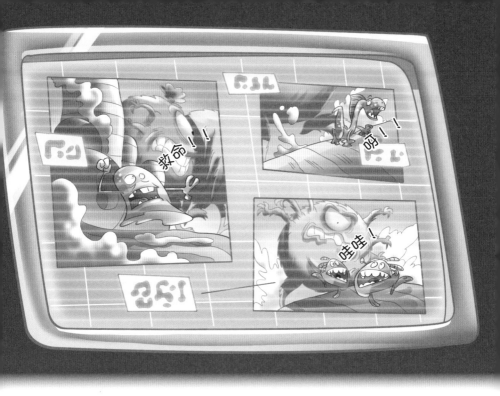

　　看着這個景象，菲說：「時間緊迫，我們得趕緊想辦法把牠們**全都**傳送走！」

　　但是，我提出了一個疑問：「如果牠們聚集在一起之後表現還是這樣的話，怎麼辦？我們可能會給乳酪星造成更大的**麻煩**！」

　　班哲文對我說：「叔叔，相信我！我**觀察**

了貪吃怪的眼睛，我明白其實牠的本性並不壞，只是非常孤獨……我相信其他的貪吃怪也是這樣！」

我決定相信我的**姪子**，於是，我一邊踩着踏板，一邊對船員下令說：「立刻準備遠距離瞬間傳送裝置！我們把所有找到的貪吃怪全都傳送到乳酪星上去：全息程序鼠，請提供坐標！」

「銀河之最號」的動力源源不斷地流入遠距離瞬間傳送裝置，突然，從我們的船艦上射出數道光線，向着不同的**方向**散去。

很快，我們在屏幕上看到宇宙各處的貪吃怪一個個消失了，只留下那些被攻擊的外星人一臉茫然。在確定了這些**怪物**已經離開之

後，這些星球上爆發出了興奮的歡呼聲！

菲看着**屏幕**上的這些畫面對我說：「幹得漂亮，啫喱！你做出了一個正確的決定！」

我停下了踩單車，來到屏幕前，想要看清楚所發生的一切。

這時，**機械人提克斯**說：「先別急着慶祝，我們得看一看乳酪星上的情況，現在這些怪物的**母艦**正在向那裏靠近……」

我的外星人乳酪呀，機械人提克斯說得對！

覓得伙伴⋯⋯

沒過多久，所有的貪吃怪都**出現**在乳酪星上。

我們也立刻**趕往**那裏：因為我們要確定一下事情朝着正確的方向發展！

當這些怪物重新聚在一起之後，一開始牠們顯得非常吃驚⋯⋯但是很快怪物們相互靠近**嗅嗅**對方，最後高興地擁抱在一起。

我的宇宙乳酪呀，**計劃成功了**！

「好吧，伙伴們，現在我們可以說⋯⋯**任務完成了！**」菲叫喊道。

我跑向大家，緊緊地擁抱他們，如果不

嘻嘻！

是他們的話，我不可能完成這樣一次**冒險**任務。

我已經做好了回「**銀河之最號**」上的準備，迫不及待地想要好好休息一下，但是我知道還有一件事情沒有結束……

果然，乳酪星人們都跑向了我，其中**乳酪王**帶頭跑在最前面，叫道：「大乳酪，你和你的伙伴們將我們從**恐懼**中拯救了出來，

現在我們想要好好報答你們！」

我回答説：「嗯，謝謝……説到報答……你們這裏有沒有一個牛角包之類的……」

但是國王完全沒有在聽我説話，他轉向了自己的子民們説：「乳酪星人們，我宣布從今天開始我們舉行三天的舞蹈慶祝活動，來表達對我們英雄的敬意！」

舞蹈？ 慶祝活動？
三天？ 又來了？
救命啊！

我想要拒絕，但為時已晚……慶祝活動已經開始了！

就這樣，我不得不再次被迫跳舞，而且是連續三天……

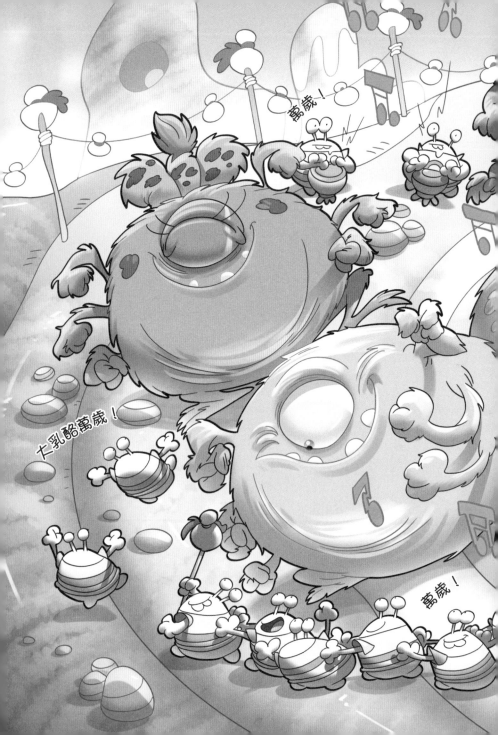

在慶祝活動舉行到一半的時候那些怪物也加入了進來，現在牠們已經成為了乳酪星人的**朋友**。不得不説，看着他們和諧地在一起的這一幕，帶給我一種莫大的滿足感。

整個慶祝活動結束之後，終於到了該**離開**的時候了，幸福的人羣擁簇着把我們帶到「銀河之最號」的探索小艇旁。

在我們登上小艇的時候，突然聽見了一聲**叫喊**：「嗨，你們該不會想把我留在這裏吧？」説話的正是我的表弟賴皮。我的星際小行星呀，我們居然把他忘記了！

那個機器的**催眠**效果終於消失了，而我的表弟也回

你們該不會想把我留在這裏吧！

復了之前那樣。在登上探索小艇之後，他說：

「真奇怪，我居然不**記得**我為什麼會在那個巨大的洗衣房裏，而且身上穿着雪白無塵的衣服……你們說，我是不是忘記了什麼**重要**的事情？」

這讓所有鼠都開懷大笑起來，班哲文和潘朵拉將整件事情告訴了他。

當我們回到船艦的**控制室**時，迎接我們的是馬克斯爺爺那標誌性的大嗓門：「快點，你們這幫懶惰鬼！該**出發了** 在宇宙裏還有許多角落等待着我們去探索！還有你，笨蛋孫子，告訴我，這次探險任務之中你有沒有學到些什麼？」

我想了一下，然後回答說：「我明白了**友誼**是宇宙中解決**爭端**的最好方法！」

他拍了拍我的肩膀說：「**很好，小孫子！**看來你並不是笨到無可救藥！」

爺爺的話讓我感到再次**信心滿滿**。

還有什麼比聽到讚賞更讓人高興的呢？

但是很快，爺爺就再次恢復了往常的嚴厲態度，**大聲吼道**：「好了，我們沒有時間可以浪費了，**重新起航**！將發動機調校至最大功率！」

「銀河之最號」以最快的速度出發了，我們所有鼠都期待著**新的 星際 冒險旅程！**

Geronimo Stilton
星際太空鼠

我是謝利連摩艦長！
菲，快報告
在外太空的探索情況！

報告艦長！……我是菲

你被耍了！表哥！

哇啊！！！

哈哈哈！整個宇宙是我的！

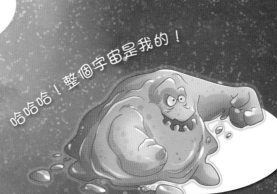

親愛的老鼠朋友，

你們喜歡讀星際太空鼠的冒險故事嗎？

請大家期待我下一本新書吧！